JN136573

しろいゆりいす

糸田ともよ 歌集

歌集　しろいゆりいす　目次

I

Ⅱ

III

Ⅳ

歌集

しろいゆりいす

糸田ともよ

I

しろいゆりいす　――白い揺り椅子

ゆきのよのえほんのいえのほのあかりゆうらりゆれるしろいゆりいす

雪の夜の絵本の家の仄灯りゆうらり揺れる白い揺り椅子

うすれびのみちなきゆきのをこえゆきしあしあともはやあとかたもなく

薄れ日の道なき雪野を越えゆきし足跡もはや跡形もなく

ねむのはな　すすきのほなみ　まどろみのふちせにけむるちきゅうのうぶげ

合歓の花　ススキの穂浪　微睡の淵瀬にけむる地球の産毛

かがみみるゆきのけっしょう　いつのまにあたりはあわいゆめのめいどに

屈み視る雪の結晶　いつのまに辺りは淡い夢の明度に

なにをはばんでいたのかもわすれてひさしいくちたさくにわたぼうし

何を阻んでいたのかも忘れて久しい朽ちた柵に綿帽子

へんしんようはがきをきれいにきるしんや　ふたえのはりにうるむしらゆり

返信用葉書をきれいに切る深夜　二重の玻璃に潤む白百合

ひっせんのみずうみしずか　よはくなくゆきはらえがいたえふでよこたえ

筆洗の湖しずか　余白なく雪原描いた絵筆横たえ

にんぎょうのゆめとめざめのぴあのきょくくりかえしひくじっしをおもう

人形の夢と目覚めのピアノ曲繰り返し弾く十指を想う

＊人形の夢と目覚め＝テオドール・エステン作曲のピアノ小品

おきざりのそり　――置き去りの橇

ゆきぐれのゆうぐうもれるこうえんにおきざりのそり　おくりものめき

雪暮れの遊具埋もれる公園に置き去りの橇　贈り物めき

しのつやのとうろうのかげしんしんとめぐるはんもん　せっか　せつじょう

師の通夜の燈籠の影しんしんと廻る斑紋　雪花　切情

ゆめのゆびうつつのゆびのこうさするはっけんはてなきふぶきのそらへ

ゆめの指うつつの指の交差する白鍵涯なき吹雪の宙へ

はやあしでゆきふむおとのとおざかり　せかいははんとうめいのあきびん

早足で雪踏む音の遠ざかり　世界は半透明の空き壜

せのびしておってははかなくたたかったせいかののきにつらなるつららで

背伸びして折っては儚く闘った生家の軒に連なる氷柱で

あああかいいりひめりこむみねみればむねをつらぬくはしほそきとり

ああ朱い没日めりこむ嶺見れば胸を貫く嘴細き鳥

ほうとなきほわいとあうとのかんばすにほのかにうかぶかふぇえすきすのひ

方途なきホワイトアウトのカンバスに仄かに浮かぶカフェエスキスの灯

こうえんのゆきやまのうえたっぷりとげっこうをあびたいきするそり

公園の雪山の上たっぷりと月光を浴び待機する橇

ふゆぎんがふる　——冬銀河降る

さくをこえかじゅえんにくるけものたちときぎをゆすればふゆぎんがふる

柵を越え果樹園に来る獣たちと樹々を揺すれば冬銀河降る

こんとうもこいぬのしろはいきかえりゆきのしゃめんをころがってくる

今冬も仔犬のシロは生き返り雪の斜面を転がってくる

じふぶきのおーけすとらのむやみないちょうとこわれたはくしゅにほういされる

地吹雪のオーケストラの無闇な移調と壊れた拍手に包囲される

あたたかいおゆがかよってくるまでのさみしいせいりょうのすいどうかん

温かいお湯が通ってくるまでの淋しい青龍の水道管

ぼたんゆきがほたほたふりだすまどぎわに　おしばだらけのじしょひえている

牡丹雪がほたほた降りだす窓際に　押し葉だらけの辞書冷えている

げんえいのまちからまちへそうてんをぬすんでにげてかってにないて

幻影の街から街へ争点を盗んで遁げて勝手に泣いて

いってきのみずのこわねにどうくつのこころはせんねんふるえるでしょう

一滴の水の声音に洞窟の心は千年震えるでしょう

げんとうきにうまれかわっておーろらのいきながくはききみをうつすよ

幻燈機に生まれ変わってオーロラの呼気長く吐き君を映すよ

くちおちるはな
――朽ち落ちる花

ひっそりとくちおちるはな　せついというしろいひょうしのししゅうのうえに

ひっそりと朽ち落ちる花　雪意という白い表紙の詩集の上に

てなずけたかんしょくもゆめふりむかずはっくかけさるしらかばじゅりん

手なずけた感触も夢ふり向かず白駒駆け去る白樺樹林

さみしいひとかげがゆめのしんになりぎんがをだいてかたむいてくる

淋しい人影が夢の芯になり銀河を擁いて傾いてくる

えきうらのちいさなしょてんにともるひのそのひがすべて　しょうしんのひが

駅裏の小さな書店に点る灯のその灯がすべて　傷心の火蛾

せんげつをかくまうくもはじゅうけつし　だれともあわないよみちはつづく

繊月を匿う雲は充血し　誰とも遇わない夜道は続く

なだらかなさかみちながれるあめのまく　さかのぼるくつ　さかむけるまく

なだらかな坂道流れる雨の膜　溯る沓　逆剝ける膜

かれはかれくさきのねっこ　こわれたいえのかたつむり　おうろふくろに

枯葉枯草木の根っこ　壊れた家のかたつむり　往路復路に

ていねいにぐらしんしをきせてもらった　ただそれだけでこうふくなこしょ

丁寧にグラシン紙を着せてもらった　ただそれだけで幸福な古書

あしたしたたる　――朝滴る

こんすいのこおりのがんきゅうなめにくるあやかしのした　あしたしたたる

昏睡の氷の眼球舐めに来る妖魔の舌　朝滴る

とうみょうのゆらめきにこゆきよるよわ　ゆりのかおりのいきをはくかふ

燈明のゆらめきに小雪寄る夜半　百合の香りの息を吐く寡婦

そうてんにうまれたままのけっしょうをまもるきしょうがあなたのこころ

霜天に生まれたままの結晶を護る気象があなたの心胆

こくはくなゆめだったのだなきながらまふゆまっかなかじつにさめる

酷薄な夢だったのだ哭きながら真冬真っ赤な果実に醒める

ここにきてかこのひじょうをわびるひと　みあげるゆきはみんなはいいろ

ここに来て過去の非情を詫びる女　見上げる雪はみんな灰色

とどこおりこおりつくかわもにこんとうもひらいしめいそうするいちわ

滞り凍りつく川面に今冬も飛来し瞑想する一羽

こおりのしんばるがうたれはくめいにきらめくはへんあびながらあう

氷のシンバルが打たれ薄明に煌めく破片浴びながら逢う

なにもかもおおいつくしたげんとうのゆきはだをとるぬれひかるつめ

何もかも蔽いつくした厳冬の雪肌を撮る濡れ光る爪

Ⅱ

ようみゃくはしる　——葉脈走る

やわらかくほたるをつつんではひらくうすじろいてにようみゃくはしる

やわらかく螢を包んでは開く薄白い掌に葉脈走る

くれのこるしつがいこつのおかをはうあめはしだいにじょうをやどして

暮れ残る膝蓋骨の丘を這う雨は次第に情を宿して

ようしん　ようぜつ　ぶんれつよう　たんしんふくよう　きゅうしんせいかじょ

葉身　葉舌　分裂葉　単身複葉　求心性花序

もりのなまあくびのほらにこみどりのしんだいがありふかぶかしずむ

森の生欠伸の洞に濃緑の寝台があり深深しずむ

ひふうめくきょくのかんそうさわさわとこころごころがおなじはしゆく

悲風めく曲の間奏さわさわと心心が同じ橋行く

ふせられたほんのれんざんくれはてて　てんろうあおぎすそのにねむる

伏せられた本の連山暮れ果てて　天狼仰ぎ裾野に眠る

みつめるとつゆだまほろりらっかするるるふくよかなあじさいのやみへ

見詰めると露玉ほろり落下する縷々ふくよかな紫陽花の闇へ

くらくしてまくらのしたでもみくずすのばらのぽぷりのいざなうあした

暗くして枕の下で揉み崩す野薔薇のポプリの誘う朝

せんのことづめ　――千の琴爪

はなふぶきはせんのことづめ　さいごまであかさぬおもいをくうにとむらう

櫻吹雪は千の琴爪　最期まで明かさぬ思いを空に弔う

はたはたとはためくたもとはうらはいろ　ふかひのはなおでやっときたはる

ハタハタとはためく袂は裏葉色　深緋の鼻緒でやっと来た春

にりんそう　はこべ　ちごゆり　さんかよう　よりみちしてくるこだまのこども

二輪草　繁縷　稚児百合　山荷葉　寄り道してくる木霊の子ども

はるはつね　きぬのよかぜのうたごえにくるまれくるうこのよのとけい

春は常　絹の夜風の歌声にくるまれ狂うこの世の時計

ふめんからふわふわとびたっていくおんぷのはたもはるのいろどり

譜面からふわふわ飛び立っていく音符の符尾も春の彩り

どあのすずねついにしずまり　あめあがりのまどはいちめんぎんりんのもり

ドアの鈴音ついに鎮まり　雨上がりの窓は一面銀鱗の森

なんかいなようしょのたなもゆうぜんととうかしてゆくひかりのすくーたー

難解な洋書の棚も悠然と透過してゆく光のスクーター

ゆくたましいかえるたましいえしゃくして　ひかりのさじがわかつにこごりのおか

往く魂還る魂会釈して　光の匙が分かつ煮凝りの丘

こまどにことり　――小窓に小鳥

ははがさしたいちわのことりがこまどからこちらをみてる　あおいししゅうの

母が刺した一羽の小鳥が小窓からこちらを視てる　青い刺繍の

よあけまえ　ねむりのふねのとおざかる　おぼろにめはなのあるつきのこる

夜明け前　睡りの舟の遠ざかる　おぼろに目鼻のある月残る

とりにがすあなたのほんしん　はいせんにおおはんごんそうむれさくきせつ

取り逃がすあなたの本心　廃線に大反魂草群れ咲く季節

ひとは　またひとはふり　せみしぐれにとわにしびれているみみをかす

一葉　また一葉降り　蟬しぐれに永遠に痺れている耳を貸す

いしころのこころをいっこ　ともだちのつくえにのせてひとりでかえる

石ころの心を一個　親友の机に載せて一人で帰る

それいらいりんかのふうりんおしだまり　あかずのぶつまにゆうだちがくる

それ以来隣家の風鈴押し黙り　開かずの仏間に夕立が来る

このこころひらいてとじてたぷたぷとまなこにみちるもものしろっぷ

子の心ひらいて鎖じてたぷたぷと眼に満ちる桃のシロップ

はなはふぶけくもはみだれよあざやかに　そだちざかりのこどくのために

葩は吹雪け雲は蕪れよ鮮やかに　育ち盛りの孤独のために

つやますかみを

——艶増す髪を

すくほどにつやますかみをおもわせるまどごしのぼう　えいえんのぼう

梳くほどに艶増す髪を思わせる窓越しの暮雨　永遠の暮雨

じごはれてかわいたどろのひびわれるけもののけもののほうろうのしし

爾後晴れて乾いた泥の罅割れる獣除けもの放浪の四肢

ちがうはなのつぼみでしたがはをよせてのやきのつぼにいけられました

異う花の蕾でしたが葉を寄せて野焼きの壺に生けられました

おなじはなのつぼみでしたねおなじようにくびをかしげてはこばれました

同じ花の蕾でしたね同じように首を傾げて運ばれました

やどをえてとこのととのうさいわいにまなうらにすむほたるとあそぶ

宿を得て床の整う幸いに眼裏に棲む螢と遊ぶ

そこしれぬいんくつぼのなかゆらゆらとかこうしてゆくふみづくえです

底知れぬインク壺の中ゆらゆらと下降してゆく文机です

ようやくあえたあおいとうかにこれからをたずねかえすともういない

ようやく逢えた蒼い燈下にこれからを尋ね返すともういない

みわだのわだにとどこおるはないかだ　きおくにとどまりやがてながれる

水曲の曲に滞る花筏　記憶に留まりやがて流れる

ともるののゆめ

――点る野の夢

ひなぎくはきおくのそこによこたわるじゃしんのみちにともるののゆめ

雛菊は記憶の底に横たわる蛇身の径に点る野の夢

くもりびにくるとつれないおにぐるみ　うろにみしらぬれいをやすませ

曇り日に来るとつれない鬼胡桃　洞に見知らぬ霊を休ませ

ていでんがまちいったいをぼちにするよる　ろうのにおいのひそみねのよる

停電が町一帯を墓地にする夜　蠟のにおいの潜み音の寄る

かげえのきずんずんせまりがめんからはみだすうででじゅかいをつくる

影絵の木ずんずん迫り画面からはみだす腕で樹海を造る

とおごえによばれなみだとくさをわけなにかのむくろをふめどもさきへ

遠声に呼ばれ涙と草を分け何かの骸を踏めども先へ

おってきていっしょにうたいだすかぜはときどきわたげのたねすってせく

追ってきて一緒に歌いだす風は時どき綿毛の種吸って咳く

つるせいのあおいかなしみいくすじもからむにまかせげっかのいちじゅ

蔓性の蒼い悲しみ幾筋も絡むにまかせ月下の一樹

あのよこのよのやみをかくはんするばんだ　しずみゆくみとうわずみのつき

あの夜この夜の闇を攪拌する万朶　沈みゆく身と上澄みの月

Ⅲ

ほねしなうかさ　――骨撓う傘

れんじつのあめのれんだにほねしなうしょゆうしゃのないかさかりてかす

連日の雨の連打に骨撓う所有者のない傘借りて貸す

まいごのおしらせひびくはくだくしたそらのめまいのだいかんらんしゃ

迷子のお報せ響く白濁した穹の眩暈の大観覧車

まびかれたことばのそだつほしにきてにじたつかくどにみずまいている

間引かれた言葉の育つ星に来て虹顕つ角度に水撒いている

まびかれたこころのつどうえんにきてたんぽぽぐみのなふだをつける

間引かれた心の集う園に来てタンポポ組の名札をつける

くきやかなこうしんのあか　しがのしろ　そのじょうさいにひとじちはいる

くきやかな口唇の赤　歯牙の白　その城塞に人質は居る

ひはくもにかくれあらわれそしてまた　いっしゅうしてくるゆうえんちのきしゃ

日は雲に隠れ現れそしてまた　一周してくる遊園地の汽車

こころなしかことばのりゅうしもしっけおび　こうようはりつくかさおりたたむ

心なしか言葉の粒子も湿気帯び　黄葉貼りつく傘折りたたむ

れっぷうにあめしぶくよをかけていくかいてんもくばのうちがわのうま

烈風に雨飛沫く夜を翔けていく回転木馬の内側の馬

かみにまつわる

――髪に纏わる

さんらんするはねはけばさらにさんらんしのべのすだまのかみにまつわる

散乱する羽掃けば更に散乱し野辺の魑魅の髪に纏わる

うるむみのよりそうこのくれ　かんまんなゆめのてぎわでつくろううもう

潤む実の寄り添う木の暗　緩慢な夢の手際で繕う羽毛

うきひたねむりこけむすもりのしたにあまたのみらいがうまれてはしぬ

雨期ひた眠り苔生す森の舌に数多の味蕾が生まれては死ぬ

りんげつのあまぐもひくく　おきざりのむしかごのなかみっしりひなぎく

臨月の雨雲低く　置き去りの虫籠の中みっしり雛菊

きょうりにはひぐれのはやいもりがあり　かぜなきひにもゆれるきがあり

胸裏には日暮れの早い森があり　風なき日にも揺れる樹があり

れいろうたるさえずりのまのせいじゃくがそらをたかくしたにふかくする

玲瓏たるさえずりの間の静寂が空を高くし谷深くする

はねおきてははさがすゆめくりかえしみるひなおいてなおはねおきて

跳ね起きて母捜す夢繰り返し見る雛老いてなお跳ね起きて

このみころがりみうしなうさんどうをおりおりよぎるびゃくえのつばさ

木の実転がり見失う山道を折々過る白衣の翼

まいよさまよう　――毎夜さ迷う

しおさいにのまれたことばはうおとかしまいよさまようこころのおきを

潮騒に呑まれた言葉は魚と化し毎夜さ迷う心の沖を

みずぎわにかがみこむこのかげのなか　ながれよるはやはねをもつしゅし

水際に屈みこむこの影の中　流れ寄る葉や羽を有つ種子

さむいてをかみのようにかさねおりていくぶんるいほりゅうのちかいのしょこへ

寒い手を紙のように重ね降りていく分類保留の地階の書庫へ

せきかするこはくのなかでみたようなかれの　おきのひ　みつのあさあけ

石化する琥珀の中で見たような枯野　沖の灯　蜜の朝明け

ふうようのささめきもたえ　こんじょうのはてなきなぎになみだつなみだ

風葉の私語も絶え　紺青の涯なき凪に波立つ泪

つりふねのくちゆくはまにしおりのみのこしてもえたししゅうをだいて

釣り舟の朽ちゆく浜に栞のみ残して燃えた詩集を抱いて

ゆうしゅうのゆうやくかかるゆうぐもにせいかもれくるひとすじのひび

幽愁の釉薬かかる夕雲に聖歌漏れ来る一条の罅

しめやかにじゃのめもようのはねあわせ　くちゆくくげにどうかするちょう

しめやかに蛇の目文様の翅合わせ　朽ちゆく供花に同化する蝶

しきふくらめば　――指揮膨らめば

がっしょうのしきふくらめばとうめいなみずまりとなりひろいかこうへ

合唱の指揮膨らめば透明な水鞠となり曠い河口へ

どこまでもいっしょにいこううたうたい　しきうるわしきほしをたゆたい

どこまでも一緒に行こう歌うたい　四季麗しき星を揺蕩い

あさもやのかわもくるくるながれくるぼうしのなかののはなさらだ

朝靄の川面くるくる流れ来る帽子のなかの野の花サラダ

えいえんのゆりかごゆらすははたちはせにかげろうのほをなびかせて

永遠の揺り籠ゆらす母たちは背に陽炎の帆を靡かせて

そこしれぬうれいのわたなかさみしさのきわみか　はっこうするものは

底知れぬ憂いの海中さみしさの極みか　発光するものは

しゅんけんないわのまゆねをたつとりのきらめきしなるしらはのつばさ

峻険な巌の眉根を翔つ禽の煌めき撓る白刃の両翼

くだけちるなみおとおくねむれますよう　かわらぬほしのまなざしのわんに

砕け散る濤音遠く眠れますよう　変わらぬ星の眼差しの湾に

さいさごのことばでささやくうみかぜがかみをめくってつぎのなをいう

さ砂の言葉で囁く海風が髪をめくって次の名を言う

Ⅳ

いきつぐところ　――息継ぐところ

ちゅうくうでわたげのしゅしがふとまどう　うたうのかぜのいきつぐところ

中空で綿毛の種子がふと惑う　唄う野風の息継ぐところ

なかぞらにかぜのかいのうかびたゆたい　すいまははなにもくるの　のもなぎ

中天に風の櫂の浮かび揺蕩い　睡魔は花にも来るの　野も凪

ひとはひとはにおされたしょうもんうちなびくいんがのもりをさすらうひとは

一葉一葉に捺された掌紋うち靡く陰画の森を流離う一葉

ほうがくははやまるこどうにねじれつつそりんみつりんらっきとくだる

方角は速まる鼓動に捻じれつつ疎林密林落暉と下る

あなたのまぶたにまだかばわれてきずのないこのみこぬれにかぜをこいだひ

あなたの瞼にまだ庇われて瑕のない木の実木末に風を漕いだ日

なきよわりくさのねもとにぎょうがしてぼんやりみていたひかりのかりんず

鳴き弱り草の根もとに仰臥してぼんやり見ていた光のカリンズ

＊カリンズ＝レッドカラント。ユキノシタ科スグリ属の落葉低木。
房状に半透明の赤い実をつける。北海道では「カリンズ」と呼ばれる。

たづなきときのせにのりおぼろげにへいそうするつきをあなたとおもう

手綱無き時間の背に乗りおぼろげに並走する月をあなたと思う

もえおちるようにとりかげ　みたでしょう　ちんじゅのもりのあきのはじまり

燃え墜ちるように鳥影　見たでしょう　鎮守の森の秋の始まり

きょうりにみちる　――胸裡に満ちる

なめらかなかいのらせんをこぼれきてきょうりにみちるひきしおのうた

なめらかな貝の螺旋をこぼれ来て胸裡に満ちる引き潮の歌

なごりとはなみのこりのいい　くるぶしをいまだくすぐるなまぬるいあわ

なごりとは波残りの謂　踝を未だくすぐる生ぬるい泡

ちちいろのしこつのようなながれぎをみたびひきとるしずかななみだ

乳色の指骨のような流木を三度引きとる静かな波だ

みをやつしたつみおつくし　わたつみののどにささったこぼねのひとつ

身を窶し佇つ澪標　海神の喉に刺さった小骨のひとつ

せんじょうよりつみぐもあおぐこのはっとあやうし　いかりなきひび

船上より積雲仰ぐ娘の鍔広帽(ハット)あやうし　錨なき日々

もうさいけっかんめくもくずのまとわりつくままけだるいゆうぎ

毛細血管めく藻屑の纏わりつくまま気怠い遊戯

おやすみ　とおなだにこころすててきたいちわをはくぼにうかべて

おやすみ　遠灘に感情棄ててきた一羽を薄暮に浮かべて

とこよなみさざめくなぎさにもうだれもゆびをきらないとうへんひろう

常世浪さざめく渚にもう誰も指を切らない陶片拾う

しじんのそびら　――詩人の背

しせかいにつながるとびらのつれなさはしごもふぐうなしじんのそびらか

詩世界につながる扉のつれなさは死後も不遇な詩人の背か

ぐうぜんのびをあいするともとほをとめて　しみじみみいるゆかいたのしみ

偶然の美を愛する友と歩を止めて　しみじみ見入る床板の染み

のうめんのかごめかごめのわをぬけてごかごのかごにひょうさつかけて

能面のかごめかごめの輪を脱けてご加護の籠に表札かけて

あらなみのようにあけるとひきだしはおくからかれんなかいがらをだす

荒波のように開けると抽斗は奥から可憐な貝殻を出す

おもいでのはしはあったりなかったり　よるのながさによこたわるかわ

思い出の橋は在ったり無かったり　夜の長さに横たわる川

ひえきったぺんをにぎればゆびさきにかすかにみゃくうつほくげんのちねつ

冷えきったペンを握れば指先に微かに脈搏つ北限の地熱

ゆかきしむがろうのいっかく　なもしらぬがかのいさくの［たいとる・むだい］

床軋む画廊の一画　名も知らぬ画家の遺作の［タイトル・無題］

そしてまたあらたなかぎにすずつけてあらたないえじをたどるしゅうしょう

そしてまた新たな鍵に鈴つけて新たな家路をたどる秋宵

いきょうのひなた　――異郷の日向

どうわめくいきょうのひなた　あまみますつみごろみかんのかおりたつみち

童話めく異郷の日向　甘味増す摘みごろ蜜柑の香り立つ径

ひがんばなのいんかしてゆくかわべりはいつかいたかもしれないいかい

彼岸花の引火してゆく川べりはいつか居たかもしれない異界

さくらえむさえだのかなた　ふうせつのたぎりをかたどるれいほうのみね

櫻笑む小枝の彼方　風雪の滾りを象る霊峰の嶺

ゆきづりのふるえにふるゆきふるさとのふゆのさにわもさめぎわのゆめ

雪吊りの古枝に降る雪ふるさとの冬の狭庭も醒めぎわの夢

ゆきぐにをたびだつひにはじっこんのなかなるはくまがりりくをはばみに

雪国を旅立つ日には昵懇の仲なる白魔が離陸を阻みに

ははをのこし　ろーるさいんのくるくるとさだまらぬままのりこむしゃりょう

母を残し　行先表示（ロールサイン）のクルクルと定まらぬまま乗りこむ車輛

ひといろのはなびとおくにうちあがり　すくむひとりにかおることのは

一色の花火碧落に打ちあがり　竦む一人に馨る言の葉

ゆれながらおりてくるゆき　ねむりこむくらいかこうのゆめのおくまで

揺れながら降りてくる雪　睡りこむ闇い火口の夢の奥まで

解説

短歌の調べに「解釈の余地」を想像する試み

糸田ともよ歌集『しろいゆりいす』に寄せて

鈴木比佐雄

1

糸田ともよ氏の第二歌集『しろいゆりいす』が刊行された。読んだことも聞いたこともない、短歌の魅力を読むものに問いかけてくれる魅力的な歌集だ。冬のⅠ章から始まり、春のⅡ章、夏のⅢ章、Ⅳ章の秋で終わっている。各章の中は小タイトルがつけられてそれぞれ八首を収め、十八の小タイトルから構成されて、合計一四四首が収録されている。第一歌集『水の列車』は一般的な一頁二首だったが、今回は一頁に一首が収録されている。けれども始めにひらがなだけを朗読するよう配置されていて、次に数行空けられて五文字ほど下がったところから漢字混じりの短歌が意味の謎解きのようにやや小さく記載されている。まずひらがなの音韻を自由に詠んで欲しいという糸田氏の思いがあるのだろう。次に読者は漢字混じりの短歌によってひらがなでの意味やイメージの自由な仮説が、創作した糸田氏の思いと照合するかというスリリングな思いを一瞬感じるだろう。たぶん糸田氏は、あとがきでも触れている読者の「解釈の余地」を望んでいて、自分の漢字混じりの短歌を一つの解釈でしかないと考えているのかも知れない。その意味で、一四四首は実は二八八首なのかも知れないし、読者の解釈によって数多くの短歌に生まれ変わることを夢想しているのかも知れない。

Ⅰ章は五つに分かれ、冒頭の小タイトルは歌集タイトルにもなった「しろいゆりいす――白い揺り椅子」であり、次の短歌から始まっている。

ゆきのよのえほんのいえのほのあかりゆうらりゆれるしろいゆりいす
雪の夜の絵本の家の仄灯りゆうらり揺れる白い揺り椅子

この短歌を朗読すれば、冒頭の「ゆき」の「ゆ」が頭韻のように下句の四句五句の「ゆうらりゆれるしろいゆりいす」に重なり、「ゆ」がリフレーンされて響き渡る。上句の発句二句三句「ゆきのよのえほんのいえのほのあかり」のイメージは、絵本に描かれたような二次元の絵画イメージだ。けれども下句はその絵の中の家に一気に入り込み、「揺り椅子」が動き出し軋む音も聞こえてくるような立体的な三次元や動的な四次元の光景が現れて、あたかも読者はその「揺り椅子」に座り揺られる存在になってしまう。つまり糸田氏は、読者にこのようにリラックスして歌集を朗読して欲しいと願っているのだろう。糸田氏の短歌の音楽性の追求は、朗詠から始まった短歌の原点に立ち還り、同時に音の響きが私たちの心を解きほぐして、温かな初源の言葉のエネルギーを伝えてくれている。

ところで糸田氏に促されて私は平仮名だけの短歌を何度か朗読しているとなぜか次のようにも解釈できるような気がしてきた。

雪の界(よ)の絵本の家の穂の明かりゆうらり揺れる白い揺り椅子

雪降る異界の絵本のような家の中で、秋に収穫した稲穂が灯明のように輝き、それはあたかも白い揺り椅子のように揺れている。雪を季語のように捉えて冬のイメージだと限定しなければ、「穂の明かり」の秋に先祖の霊が入り込んで、秋彼岸を回想し季節を重層化させて別の世界の解釈につながるのかも知れないと思われた。上句と下句を切れ字のように断絶させずに意味がつながるように想像的に受け取ることも可能だろう。そのような意味で糸田氏の新歌集の実験的な試みは、読者参加型の全く新しい歌集のスタイルを創造してしまったように考えられる。

その他のI章「しろいゆりいす」の七首は、「道なき雪野」、「地球の産毛」、「屈み視る雪の結晶」、「朽ちた柵に綿帽子」、「玻璃に潤む白百合」、「筆洗の湖」、「十指を想う」などの独特な視線で対象に迫り対象に入り込んで、共に動き出してしまうことを流麗に刻印している。北海道に生まれた糸田氏の世界は静かな「白い世界」なのだが、単色ではなくこの世の多彩な色彩を映し出す鏡のような「白い世界」なのかも知れない。

2

I章の二番目の小タイトル「おきざりのそり　——置き去りの橇」の冒頭の短歌は、「雪暮れ」の静かな胸に染み入る光景だ。

ゆきぐれのゆうぐうもれるこうえんにおきざりのそり　おくりものめき
雪暮れの遊具埋もれる公園に置き去りの橇　贈り物めき

「雪暮れ」と子供もいない「遊具埋もれる公園」が暗さを伴った雪の日の侘しさのような感じを伝えている。けれども「置き去りの橇」が、サンタからの「贈り物」めいているという温かさが伝わってくる。「置き」と「贈り」の頭韻的な響きが絶妙な効果を発揮している。

その他の七首の「燈籠の影」、「吹雪の宙へ」、「半透明の空き壜」、「連なる氷柱」、「嘴細き鳥」、「カフェエスキスの灯」、「月光を浴び待機する橇」などの存在も「白い世界」の中で輝きを放っている。

I章三番目の「ふゆぎんがふる　――冬銀河降る」の冒頭の短歌は、次のように「か」の音が響き渡ってくる。


さくをこえかじゅえんにくるけものたちときぎをゆすればふゆぎんがふる

柵を越え果樹園に来る獣たちと樹々を揺すれば冬銀河降る

「柵」、「果樹園に来る」、「獣」、「樹々」、そして「冬銀河」といった「カ行」の音が連なり、どこか地球の生き物たちと共生する理想の世界を創り上げてくる。それは「冬銀河降る」この世の最も美しい世界であるのかも知れない。糸田氏は人類が自らの欲望のままに他の生き物たちを無駄に殺めていることに対して痛みを感じて、このような生き物との共生する想いを伝えたかったに違いない。

その他の七首は、「シロは生き返り」、「地吹雪のオーケストラ」、「淋しい青龍の水道管」、「押し葉だらけの辞書」、「争点を盗んで」、「一滴の水の声音」、「オーロラの呼気」など冬の中での生き物や自然現象や事物などがその崇高な存在感を音感で響かせているようだ。

I章四番目の「くちおちるはな　――朽ち落ちる花」、五番目の「あしたしたたる　――朝滴る」などは酷寒の最中にあって「朽ちる花」であっても、「朝滴る」命を感じさせてくれる十六首であった。

3

春を予感させるⅡ章では、「ようみゃくはしる　――葉脈走る」、「せんのことづめ　――千の琴爪」、「こまどにことり　――小窓に小鳥」、「つやますかみを　――艶増す髪を」、「ともるののゆめ　――点る野の夢」などからなり、春の生き物や事物と人間との深い交流を照らし出している。例えば「葉脈走る」では「螢を包んでは開く」人の「薄白い掌に葉脈走る」と言い、木々の葉と人間の掌が実は同じものであると告げているようだ。

雨期や夏を予感させるⅢ章では、「ほねしなうかさ　――骨撓う傘」、「かみにまつわる　――髪に纏わる」、「まいよさまよう　――毎夜さ迷う」、「しきふくらめば　――指揮膨らめば」などからなり、自然や社会の中でも生の盛りで生命が際立ってくる中で、見えてくる様々な相互関係が記されている。「連日の雨の連打に骨撓う」ほど傘が必要で、所有者のない傘も貸したり借りたり大活躍なのだろう。その傘のような無償の存在に感謝の念を抱いている。

種や実が成熟し収穫される秋を予感するⅣ章では、「いきつぐところ　――息継ぐところ」、「きょうりにみちる　――胸裡に満ちる」、「しじんのそびら　――詩人の背」、「いきょうのひな

た ――異郷の日向」などからなり、例えば「中空で綿毛の種子がふと惑う」というように自在に秋空に舞っていく。そんな秋の空を「唄う野風の息継ぐところ」だと糸田氏は種の気持ちになって「野風」に乗るリズムを書き記してしまうのだ。最後の短歌は次のように晩秋から冬につながっていくようで、雪と夢が混じり合ってどこまでも糸田氏の内面の奥深くに落ちてゆくようだ。

ゆれながらおりてくるゆき　ねむりこむくらいかこうのゆめのおくまで
揺れながら降りてくる雪　睡りこむ闇い火口の夢の奥まで

この世界で最も冷たい雪と、火口の奥深くに潜む最も熱いマグマとの出会いを想像させてくれる。また茶人のように「雪」こそ最高の「花」であると感ずる人びとであれば、「かこう」を「花香」と読み別の解釈も成り立つ。そんな糸田氏の静かな「白い世界」を、そして「解釈の余地」を残す独創的で自由な短歌の調べを多くの人びとに朗読してもらいたいと願っている。

あとがき

二〇〇二年に第一歌集『水の列車』を上梓して以降、歌作を中断し、それまで厳しくも親身にご指導くださった評論家の菱川善夫先生が亡くなられてからは、さらに「短歌」を遠ざけてしまう自分がいました。

そんな中、歌手であり作詞作曲も手掛ける及川恒平氏が、『水の列車』集中の短歌の言葉を音楽（歌）にするという試みを始められ、その延長で私も作詞に携わる機会を得ました。

作詞は、音数やリズムを調整しながら相応しい言葉を選んでいくという点で、短歌を作ることと少し似ています。けれど、音楽として唄われる詩の世界は、声も含めた楽器の音色や曲調、表現者の感性、気分、演奏する空間の造りや客席の雰囲気に呼応しても無限に変化するため、同じ歌詞でもステージごとに違った情景の顕れることに新鮮なおどろきがありました。

二〇一四年から新創刊の同人誌「蓮」に参加して作歌を再開したとき、言葉は自然にひらがなで紡がれました。幼少のころから合唱団に所属していた私は、日常生活にも、夜の眠りのあわいにも、頭の中で合唱曲が繰り返し流れていたのですけれど、それらの歌はひとつひとつの音符がひらがなとしてうごき、折々の感情のように隆起しました。その感覚が及川氏との曲づくりにより甦ったこと、また、旋律をともなってゆっくりと耳から入ってくる新しい詩の、まだ明確な意味をもたない言葉の響きのなかで、受け手が個々人の感性により自身の経験や心情、想像力の嗜好性に従って顕れてくる世界を自由に遊ぶことができる——そういった〝解釈の余地〟への興味も関係しているかもしれません。

ひらがなの流れには言葉が言葉を招び、言霊と言霊が融合して四次元的な観念を生むような瞬間もあり、そんなとき短歌の三十一文字は、この界(よ)と他の界(よ)を隔てる扉を開けるための特別な呪文にも思えます。扉のひらく場所も時機もおそらく読む人によって異なるでしょう。たとえ扉がほんのわずかしか開かなくても、〝向こう側の風〟を感じられるような瞬間がありましたらうれしいです。

本歌集では漢字変換のある同じ短歌を隣に添えましたが、一首の孕む風景のひとつとしてお楽しみいただければと思います。

二〇一六年の暮れ、生まれ育った札幌を離れ、静岡に移り住みました。その折、引っ越し荷物からふとこぼれ出した菱川善夫先生からの数葉のお便りを、十数年ぶりに読み返したのですが、先生の言葉のひとつひとつが現在の私に向けられたメッセージに思え、前に進む力となりました。そして、そんなときにコールサック社の鈴木比佐雄氏と出逢いました。詩人でもある鈴木氏の名づけた社名「コールサック」（石炭袋）とは、宮沢賢治の『銀河鉄道の夜』でジョバンニとカムパネルラが最後に一緒に見た「そらの孔」（暗黒星雲）のことです。コールサック社の活動に興味を抱くと同時に、銀河の果ての、その「そらの孔」にも詩（短歌）を投函したいような気持が湧き、新しい歌集への想いが膨らんだのでした。

これまで、どんな情況にあっても、詩を書き続けるよう私の背中を押してくださった及川恒平様、菱川善夫先生亡き後も私の創作活動を根気よく応援、助言してくださった奥様の菱川和子様、新しい同人誌で作品を自由に書かせてくださった「詩歌探究社蓮」の森水晶様、石川幸雄様、「蓮」の終刊まで掲載作品を丁寧に読んでくださった方々、再び交流の叶った歌友、訪れるたびにさまざまな表現方法で活躍されている芸術家の方々をご紹介くださったカフェエスキス（札幌）のオーナーご夫妻、昧（くら）い路に灯をともして私を導いてくださったすべての皆様に心より御礼申し上げます。

このたびの歌集制作にあたりましては、コールサック社の皆様に大変お世話になりました。解説文、編集を快くお引き受けくださいました鈴木比佐雄様、細やかなご対応で組版を進めてくださった座馬寛彦様、生まれたての一冊に美しい意匠をまとわせてくださった装幀デザイナーの奥川はるみ様、本当にありがとうございました。

そしてこの歌集を手に取ってくださる皆様に、感謝申し上げます。

二〇一八年　四月

糸田ともよ

糸田ともよ（いとだ　ともよ）

1960年、札幌市生まれ。

歌誌「月光」、同人誌「弓弦」、「蓮」に参加。現在は無所属。

2002年、歌集『水の列車』（洋々社）で北海道新聞短歌賞佳作賞受賞。その他の著書に、詩集『雪意』（響文社）、美術家・写真家との作品集（私家版）など。詩を提供したＣＤアルバムに、及川恒平『地下書店』、六文銭'09『おとのば』など。

2016年より静岡市在住。

COAL SACK 銀河短歌叢書 6
糸田ともよ 歌集『しろいゆりいす』

2018年4月30日初版発行
著　者　糸田ともよ
編　集　鈴木比佐雄・座馬寛彦
発行者　鈴木比佐雄
発行所　株式会社 コールサック社
〒173-0004　東京都板橋区板橋 2-63-4-209
電話 03-5944-3258　FAX 03-5944-3238
suzuki@coal-sack.com　http://www.coal-sack.com
郵便振替　00180-4-741802
印刷管理　（株）コールサック社　製作部

＊装丁　奥川はるみ

落丁本・乱丁本はお取り替えいたします。

ISBN978-4-86435-327-4　C1092　￥1500E